Leo Lionni (1910–1999), Maler, Grafiker, Designer, Kunstsammler, hat einmal gesagt: »Von all dem, was ich in meinem Leben getan habe, hat mich wenig so sehr und so tief befriedigt wie meine Kinderbücher.« Eines seiner bekanntesten wurde »Das kleine Blau und das kleine Gelb«, in dem er mit wenigen bunten Papierschnipseln die Geschichte einer Freundschaft erzählt. 1962 erstmalig in deutscher Ausgabe erschienen, zählt es längst zu den Klassikern der modernen Kinderbuchszene.

Lizenzausgabe des Zeitverlag Gerd Bucerius GmbH & Co. KG, Hamburg, für die ZEIT Edition »Bilderbuchschatz« 2013
© Verlag Friedrich Oetinger, Hamburg 1962

Satz und Repro: Zeitverlag Gerd Bucerius GmbH & Co. KG, Hamburg
Editionsgestaltung: Ingrid Wernitz
Druck und Bindung: Mohn Media Mohndruck GmbH, Gütersloh
Printed in Germany
ISBN: 978-3-944227-08-5

FSC
www.fsc.org
MIX
Papier aus verantwortungsvollen Quellen
FSC® C011124

Das kleine Blau und

das kleine Gelb

erzählt und gezeichnet von Leo Lionni
für Pippo, Ann und andere Kinder

Hier machen wir ein Kind bekannt;
Es wird das kleine Blau genannt.

Hier seht ihr's noch einmal genau
Mit Mama Blau und Papa Blau.

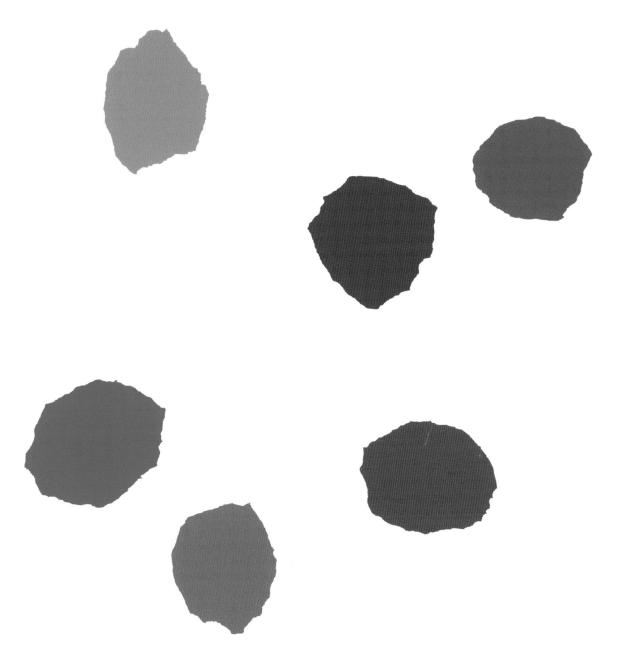

Es spielt sehr gerne in der Stadt,
Weil es hier viele Freunde hat.

Auf dieser Seite nun erscheint
Das kleine Gelb, sein bester Freund.

Es wohnt im Hause gegenüber
Und kommt zum Spielen oft herüber.

Sie spielen an den Straßenecken
Sehr gerne Fangen und Verstecken.

Sie singen viel und tanzen viel
Das Ringel-Rangel-Rosen-Spiel.

Doch in der Schule, wie man sieht,
Sitzt alles brav in Reih und Glied.

Kaum aber ist die Schule aus,
Geht's wie der Wirbelwind nach Haus.

Einst sagte Mama Blau: Mein Kind,
Bleib hier! Ich kaufe ein geschwind.

Doch schlich das kleine Blau verstohlen
Hinaus, das kleine Gelb zu holen.

Jedoch das Haus vom Gelb war leer.

Das kleine Blau lief hin und her

Und kreuz und quer und quer und krumm

In der gesamten Stadt herum.

Bis es um eine Ecke rannte
Und dort das kleine Gelb erkannte.

Da bist du ja! Ich suchte dich.
Sie lachten und umarmten sich.

Da wurden sie durch diesen Spaß

Bei der Umarmung grün wie Gras.

Nun sieht man beide – Grün auf Grün –
Zusammen durch den Stadtpark ziehn.

Voll Neugier krabbelten sie auch
Durch einen dunklen Tunnelschlauch.

Dann spielten die zwei grünen Rangen
Mit einem andren Kinde Fangen

Und kletterten mit viel Geschnauf
Auf einen hohen Berg hinauf.

Doch schließlich seufzten sie: Oje,
Wie tun uns unsre Füße weh!

Sie humpelten nach Haus zurück.
(Es war nicht weit zu ihrem Glück.)

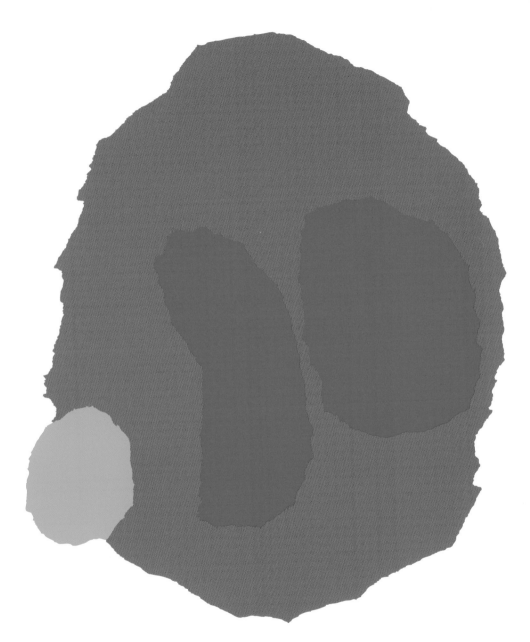

Doch Papa Blau blickt streng und spricht:
Ein grünes Kind? Das kenn ich nicht!

Auch Mutter Gelb rief staunend: Wie?
Ein grünes Kind besaß ich nie!

Zusammen fingen die zwei Kleinen
In tiefem Kummer an zu weinen.

Sie wurden Tränen ganz und gar,
Was – wie man sieht – recht nützlich war ...

… weil alle Tränen, die vergossen,
Links blau, rechts gelb zusammenflossen.

Die Eltern riefen froh: Hurra!
Das kleine Blau ist wieder da!

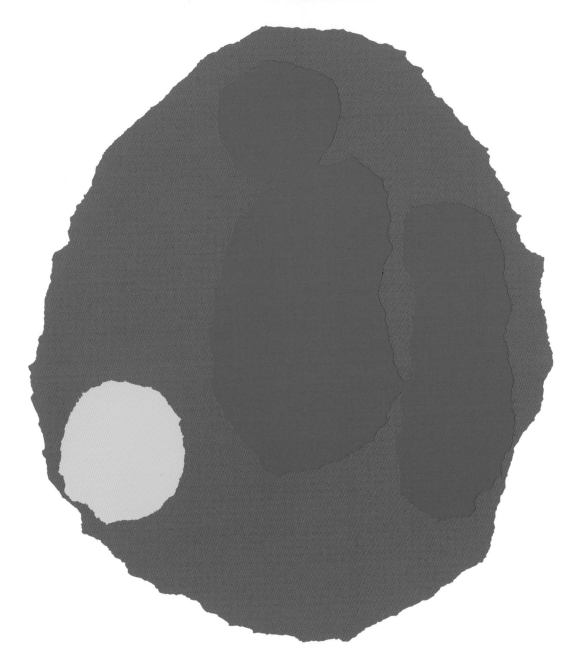

Man fiel ihm selig um den Hals
Und seinem Freunde ebenfalls.

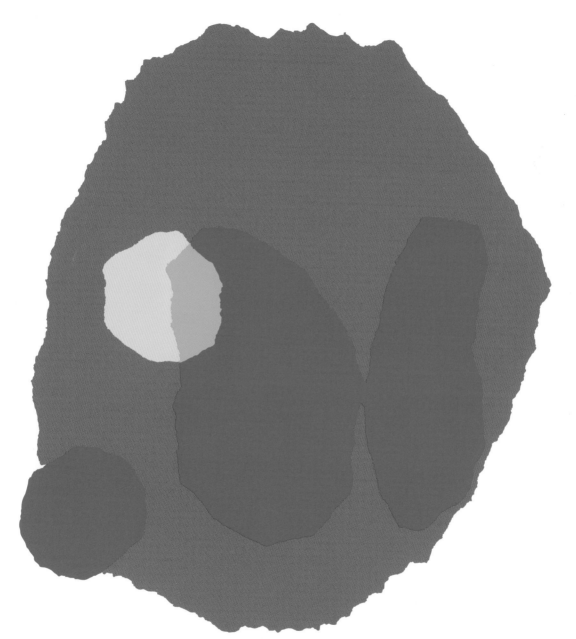

Doch dabei gab es – welch ein Schreck –
Auf einmal einen grünen Fleck.

Den Eltern wurde plötzlich klar,
Was ihrem Kind geschehen war.

Dann brachten sie als nette Leute
Das kleine Gelb zur andern Seite.

Man hat, dort drüben angekommen,
Sich wieder in den Arm genommen.

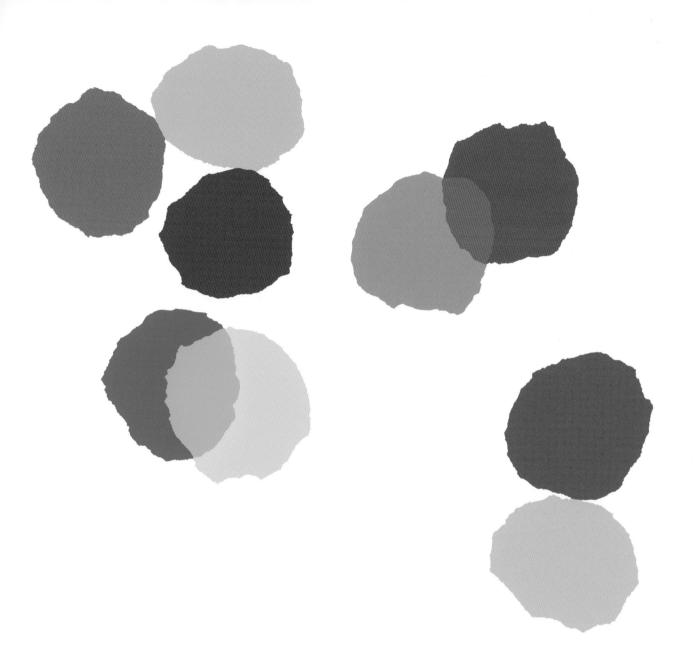

Die Kinder spielten unterdessen
Vergnüglich bis zum Abendessen.

ENDE